这本奇迹童书属于

——————————————————

图书在版编目（CIP）数据

中国百年文学经典图画书 . 第 5 辑／冰心等文；郭警等图 .
—西安：陕西师范大学出版总社有限公司，2011.4
ISBN 978-7-5613-5529-9

Ⅰ . ①中… Ⅱ . ①冰… ②郭… Ⅲ . ①图画故事－中国－当代

Ⅳ . ①I287.8

中国版本图书馆 CIP 数据核字（2011）第 047652 号

图书代号：SK11N0431E

丛书主编／黄利　监制／万夏

项目创意／设计制作／**奇迹童书** www.qijibooks.com

总顾问／王林　首席专家／窦桂梅

特约编辑／郭桴

纠错热线／010-64360026-187

中国百年文学经典图画书（第 5 辑）

蜘蛛

周建人／文　李莹／图

责任编辑／周宏

出版发行／陕西师范大学出版社

经销／新华书店

印刷／北京市兆成印刷有限责任公司

版次／2011 年 6 月第 1 版

2011 年 6 月第 1 次印刷

开本／889 毫米 ×1194 毫米　1/16　10 印张

字数／22 千字

书号／ISBN 978-7-5613-5529-9

定价／64.00 元（全五册）

如有印装质量问题，请寄回印刷厂调换

中国百年文学经典图画书

（第五辑）

蜘　蛛

周建人/文

李　莹/图

陕西师范大学出版社

天气暖起来了，蜘蛛又出来在檐前做网。这使我记起幼时曾猜过一个谜，谜语是：

南阳诸葛亮，
稳坐中军帐，
排起八卦阵，
单捉飞来将。

此后我就留心这八条脚的"诸葛亮"怎样捉拿飞将，并且看出，它有各种各样捉拿的方法。

如果蚊、蚋等小虫飞去，触在网上，急待挣扎时，蜘蛛忽然赶到，急忙地把它捉住，咬在"嘴"里，或者就吸食它的汁液，或者咬了回到网中央或檐下去了。好像我们咬片面包或饼干的不费力气。

　　如果投入网里的不是这等小虫，却是气力较大的飞虫，它急忙跑来，便放出丝来，用脚拿了丝向飞虫去缚。直到那牺牲者挣扎不动为止。

如果来的飞将是带枪的，例如蜜蜂；蜘蛛见它被网粘住，赶到前面，用丝向飞将身上绕一下，转身便走，恐怕被它的标枪投着。但走不多远，又回转去，再绕一下，又走开。随后是接连绕几转，跑开一次，等到看着那飞将挣扎的力量已弱，才靠近它的身边，把它细细捆缚。有时捆缚的丝密倒像一个布袋。

蜜蜂被包在这样的袋中时，往往还会发吱吱的微声。但是小孩们常爱蜜蜂，不喜欢蜘蛛，如被他们看见，往往把蜜蜂救下来了。

　　但是最难捉的是披甲的飞将，比方有一个甲虫飞入网里，被兜住了，但是它的甲很厚，很重；不但如此，而且它的力气很耐久。它的六条腿东一推西一撑，好容易把这条腿缚住，那条腿又伸出来了。有时候缚了几转，又被它滑脱，啪的一声跌在地上。蜘蛛只能恨然地在网上望一望。

这倒还没有什么要紧，最可怕的是碰见螺赢。它静悄悄地忽然来了；振动它的翅膀，刺刺地向网里去一撞，急又离开。网起了振动，蜘蛛以为已有物网住，匆匆地赶去捕捉时，不提防螺赢用了最敏捷的手段，突然把它用足抱住，迅速飞去。

　　蜘蛛被它袭击时，很难得幸免的。它被捕去，被螺蠃用刺刺得它全身麻木，封在泥房里，给螺蠃的儿女长大起来的时候当面包吃。空的蛛网从此不再行修补，逐日破坏下去，至飞散、消灭。

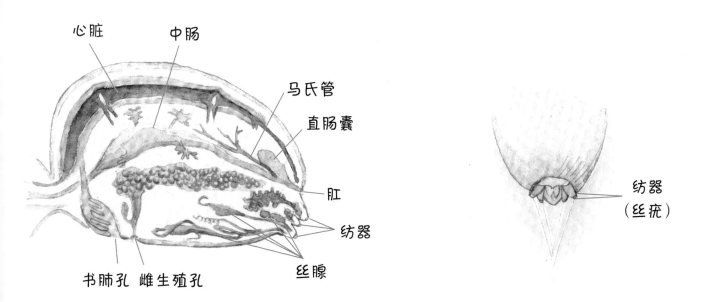

心脏　中肠

马氏管

直肠囊

肛

纺器

丝腺

书肺孔　雌生殖孔

纺器
（丝疣）

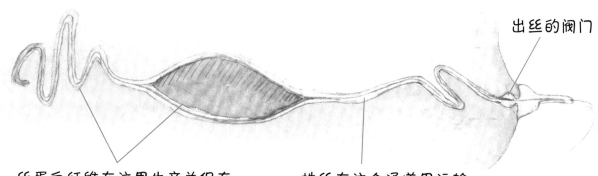

出丝的阀门

丝蛋白纤维在这里生产并保存　　　蛛丝在这个通道里运输

蜘蛛在生物界中是"名件"，这是一处地方的俗话，包含有名、特别或可贵的东西之意，它织网的技能之高妙，几乎使人诧异。它的身体的机构之巧妙也足使人惊奇。它的腹内有数种腺，藏着液体，都能从腹部末端放出来。一种叫做**壶状腺**，放出来的液体，过空气凝结成丝，用以做最初的棚架和辐射线。一种叫做**葡萄状腺**，放出来的液体也固结为丝，用以做螺旋形的线；一种腺叫做**复合腺**，放出来的液体不会凝结成丝，却是黏液，和前一种腺液同时放出来，附在丝下，因了物理作用，凝成一粒粒的细珠状，使丝很黏。还有**管状腺**，是做产卵的袋用的，一种**梨状腺**是把丝黏着时用的。

　　蜘蛛的丝，即使放弃了科学上的观察和闲暇时的观赏，从实用上来看也是很有意思的。蚕的丝，柞蚕的丝可以织网，蜘蛛的丝为什么不拿来做东西呢？这问题是许多人想到过的。小孩们用竹扎成一个圈，装上一个柄子，竹圈上兜上蛛网，可以捉他所要的飞虫，当做一种捕虫网。

　　西洋有人想养蜘蛛，取它的丝织东西，以代蚕丝。闻说试验者曾取蛛丝织过手套、袜子等东西，只是蜘蛛饲养不容易，它要吃昆虫，而且胃口又很好，吃得又很精细，专吸食昆虫的汁液。饲养起来，比采了桑叶饲蚕费事得多，因此只好作罢了。

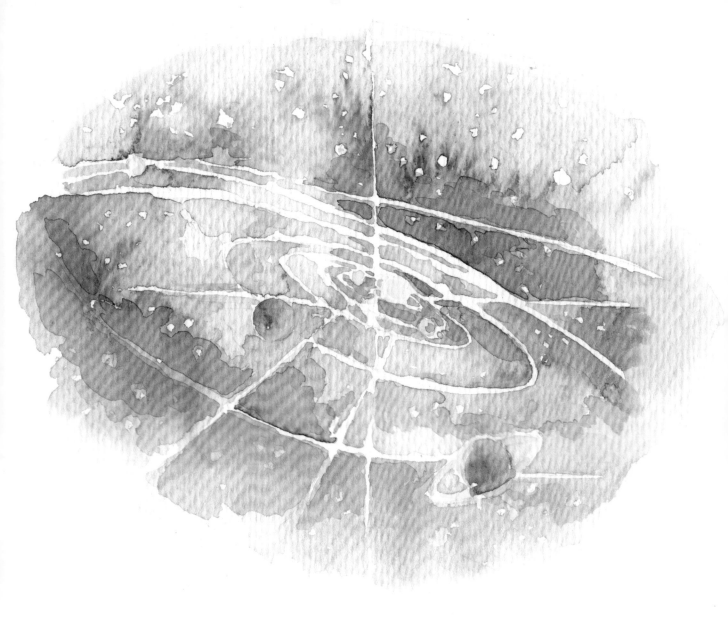

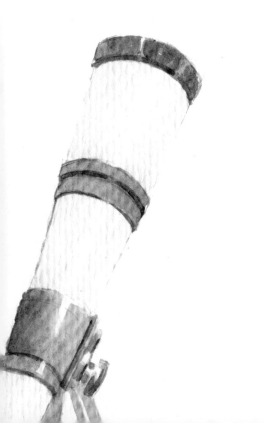

　　天文学家想在他们的天文镜中装上极细的丝，遥望天空时，视野中有了细的行条，可以比较星的位置。他们先用蚕丝，把一根蚕丝的两股分开，但是还嫌太粗。

　　1820年，一个英国的仪器制造家名叫忒劳顿（Troughton）的，设法改用蜘蛛丝。他用的是一种背上有十字纹的称为园蛛的丝。不但比一般蚕丝更细，而且很韧，又不会扭曲。取丝的时候只要把蜘蛛小心谨慎地固定在一个架上，放出来的丝头粘在一个卷丝器上，把卷丝器转动，便可以抽出很长的丝。蚕丝一股有一吋（1吋等于0.0254米）的二十分之一的粗，园蛛的丝细到只有大约一吋的一万五千到二万分之一光景，比蚕丝细得多了。

可是有些蜘蛛并不都做网，泥土上跑来跑去的狼蜘蛛，

壁上的蝇虎，蟢子即壁钱，

还有八脚，都不做网，丝却是有的。

蝇虎经过，常有一支丝绷着；从高处跃下时，
也常常挂一根丝，不结网的蜘蛛也食肉，不过他们
捕取食物用力搏取，不是用丝去绑缚的。